KB096292

그래요 그러니까 우리 강릉으로 가요

그래요 그러니까 우리 강릉으로 가요

심재휘 시집

창비

차
례

제1부 · 서울은 걷고 있는 나를 또 걷게 할 수는 없지

008   사랑

009   행복

010   가슴 선반

012   옛집

013   신발 모양 어둠

014   이름 없는 그 나무

015   비눗방울 하우스

016   가을 기차

017   손톱달

018   굴다리가 있는 마을

020   도서관에 갔다가

021   서울

022   밑줄 그으며 죽을 쑨다

023   행간의 산책

024   20번 플랫폼

026   높은 봄 버스

027   흉터

028   흉한 꿈을 꾸다 깬 저녁

029　　고장난 센서

030　　어떤 면접

제2부 · 런던은 외로움부 장관이 임명되는 당신의 나라

034　　사흘째 가는 비가 와서

035　　이을 수 없는 길

036　　폐컴

037　　트래펄가광장의 무하마드 알리

038　　가로등 아래

040　　플랫 세븐의 선인장

042　　식은 굴뚝 위의 지빠귀

044　　일인용 전기밥솥

045　　알뜰한 이별

046　　런던은 제국의 수도

048　　저 많은 플라타너스 잎들

050　　김종삼과 시인의 아내

052　　창문의 발견

054　　표정 할례

055　　런던의 다락방 농사

제3부 · 그래요 그러니까 우리 강릉으로 가요

060 외할머니의 허무

061 남항진에 잔교를 짓고

062 오리바위 십리바위

064 주문진, 조금 먼 곳

065 강문에 비가 오면

066 안목을 사랑한다면

068 묵호

070 뜻도 모르고 읽는 책

072 속초

073 대관령 너머

074 불멸의 동명극장

075 철다리의 일

076 사근진

078 해변의 밤

080 쓸쓸함과의 우정

081 임당동 장칼국숫집 광고

082 해설 | 송종원

097 시인의 말

제 1 부

서울은 걷고 있는 나를 또 걷게 할 수는 없지

.

사랑

쇠물닭 한마리가 물가에서 몸을 씻는다
빨간 부리로 물을 연신 몸에 끼얹지만
날개깃에 묻는 시늉만 하고 흘러내리는 물
날개를 들어 안쪽의 깃을 고르고
흉한 발은 물에 감추고
참 열심인 저것
이내 천천히 헤엄쳐서 간다
돌아서 있는 쇠물닭 한마리에게로
깊이를 알 수 없는 물 한가운데로

행복

집을 나서는 아들에게
보람찬 하루라고 말했다

창밖은 봄볕이 맑도록 맑고
그 속으로 피어오르는 삼월처럼 흔들리며
가물거리며 멀어지는 젊음에 대고
아니다 아니다 후회했다

매일이 보람차다면
힘겨워 살 수 있나

행복도 무거워질 때 있으니

맹물 마시듯
의미 없는 날도 있어야지
잘 살려고 애쓰지 않는 날도 있어야지

가슴 선반

가슴 언저리에 선반을 달고 그곳에
당신을 위한 차 한잔을 얹어드리지요
식기 전에 와서 드세요
당신의 서툰 웃음이 노을처럼 고이면
마음에 넘쳐서 흐르면
나는 그 저녁의 강물에 잠시 닻을 내릴게요

여러 밤을 흐르는 강물을 읽을게요
일렁거리는 문장들은 아프거나 빛날 테고
가을 새들은 물을 차며 몇개의
식지 못하는 글자들을 물고 가겠지요

어느 훗날 쓸쓸한 거리에서
차를 다 마신 표정의 나무를 만난다면
가지 끝에 달린 꽃의 물음이
내 표정에 드리울 때면
당신이 마시고 간
차 한잔의 인사라고 생각할게요

나는 오늘도
가슴에 선반을 달고 그곳에
차 한잔을 올릴게요
매번 식어만 가는 차일지라도
차를 우리는 일은 우리의 일이잖아요

옛집

곧 헐리는 집을 그곳에 두고 꼼짝 말고 여기서 기다리라
는 말도 없이 이사를 한다 빠진 것은 없나 뒤돌아보며 떠나
와 낯선 집에 묵은 살림살이를 정신없이 펼친다 밤은 어느
덧 늦고 오늘은 이쯤 하자 손을 씻을 때 그제야 작별 인사도
없이 떠나와버렸다는 걸 옛집은 언제나 거기 있다는 것을
깨어진 잠 위로 뜬 별이 알려준다

몸이 아프고 늦가을 바람으로 추운 밤에 북쪽을 보고 앉
는다 살뜰히 내어주고 텅 빈 집은 잘 있는지 아직도 식지 않
은 가족의 온기로 그 집 잠 못 드는 것은 아닌지 어린 아들과
함께 키가 크고 바람 소리를 내며 딸과 함께 숨죽여 울어주
고 우리 부부와 함께 낡아온 이제는 옛집

두고 온 햇살들아 그리운 어둠들아 모두 데리고 올 수 없
어서 거기인 것들아 너무 늦지 않도록 나의 인사는 고마웠
다고

신발 모양 어둠

끈이 서로 묶인 운동화 한켤레가 전깃줄에
높이 걸려 있다 오래 바람에 흔들린 듯하다
어느 저녁에 울면서 맨발로 집으로 돌아간
키 작은 아이가 있었으리라
허공의 신발이야 어린 날의 추억이라고 치자
구두를 신어도 맨발 같던 저녁은
울음을 참으며 집으로 돌아가던 구부정한 저녁은
당신에게 왜 추억이 되지 않나
오늘은 짙은 노을이 당신의 발을 감싸는 하루
그리고 하루쯤 더 살아보라고 걸음 앞에
신발 모양의 두툼한 어둠이 내린다

이름 없는 그 나무

숲에는 그 나무가 있어서 오늘도 나는 숲을 나와 집으로 간다 숲속에 머물던 시간은 길지 않았으나 갖은 모양의 잎들 모든 나무들의 이름이야 다 알 수는 없지만 내 물음에 함께 흔들리던 그 나무의 이름을 잊어서는 안 되겠지

이름이야 생각나지 않을 수 있지만 내게 따뜻한 방향을 가리켜주던 그 가지들의 몸짓을 잊어서는 안 되겠지 가느다란 햇살을 내어주던 잎들의 뒤척임을 내내 잊어서는 안 되겠지

숲 밖은 흐려 곧 비가 올 표정, 나는 집으로 가는 저물녘

저녁은 걸음에 흥건하게 묻고 나는 이름을 묻지 못했구나 숲에는 그저 그 나무가 이름을 잃고 그루터기만 남은 그 나무가 있어서 찾아갈 때마다 자리가 되어주던 그 나무가 있어서 아주 오래된 그의 자세를 결코 잊어서는 안 되겠지

비눗방울 하우스

광대 분장을 한 사내가 박물관 앞 광장에서 두 팔을 휘저으니 큰 비눗방울이 생긴다 아이들은 제 키만 한 방울 속으로 들어가려고 뛰어다닌다 물로 부푼 집을 만져보려다 이내 비눗물을 뒤집어써도 깔깔거린다

저런 얇다란 잠 속에 한 몸 들어가 꿈을 꾼 적이 있었던 것 같고 어룽거리는 색색의 바깥을 내다보며 웃다가 깬 적도 있는 것 같다

박물관 문은 닫히고 그 사내가 바닥에 깔아논 비닐장판을 걸레로 훔치면 아이들이 사라진 저녁이 온다 분장을 지운 사내는 가방을 든 하루를 메고 제가 만든 비눗방울 하우스로 간다 유물이 되지 못한 그의 하루는 터져서 길바닥에 흥건하지만 비눗물을 묻히고 절벅절벅 집으로 간다 젖은 발자국마다 걸음마다 무지개로 지은 집이 선다

가을 기차

가을은 오고 기차는 갑니다 작은 역들을 그냥 지나치면 가을 기차가 멀리 간다는 뜻입니다 내가 앉은 자리는 기차표에 적힌 대로 역방향이고요 미래를 등지고 앉아버린 이 자리는 지나간 것들만 볼 수 있는 자세입니다 다가오는 풍경은 마주 앉은 이의 다정한 눈동자에만 있습니다 어느 역에서 그 사람 나를 두고 내린다면 나는 미래를 잃고 가을 기차는 멀리 갈 뿐입니다

잠시 정차한 역에서 몇은 내리고 몇은 탑니다 철길 너머 반쯤 무너진 돌집이 햇살에 조금 더 무너집니다 참나무 숲 속에는 간혹 쓰러진 떡갈나무가 있고 막 내렸는지 벤치에 앉아 기차를 바라보는 한 사람을 두고 이내 기차는 떠납니다 사라지도록 먼 곳으로 멀리 갈 뿐입니다 가다보면 기차에서 내려 며칠 묵을 만한 마을이 어딘가에 있을 법도 한데 기차에서 내리지 못하는 나의 자세는 종착까지 역방향의 자리입니다

손톱달

저녁볕을 옆으로 조금 밀어두고 그늘에 앉으면
마루 위의 그늘은 편지지를 깐 듯해서
편지를 쓰는 척 손톱을 깎습니다
당신을 떠나보내고 돌아온 그 달밤에도
빈방에서 손톱을 바싹 깎았습니다
오늘도 당신은 돌아오지 않으니 어느덧
보름이 지나고 나는 웃자란 손톱을 깎습니다
그리고 오늘 밤이 질 무렵은 그믐달이 뜰 차례
바싹 깎은 손톱으로 한동안 살은 시리겠습니다
그믐달같이 드러난 붉은 살은 차차 자라는
손톱 밑 어둠 속으로 들겠습니다
그믐은 조금씩 밝음으로 가겠습니다
오늘도 별까지 튀어가지 못한 손톱들이
그늘에 삐뚤삐뚤 뭔가를 적는 것도 같았는데
그 편지는 잘 쓸어서 쓰레기통에 버렸습니다
그런데 어찌하겠습니까
자라는 손톱을 깎을수록 나의 달은 차지 못하여
당신이 돌아오는 길은 어둠에 묻힙니다

굴다리가 있는 마을

굴다리가 보이는 스무걸음 멀리에 앉아
굴다리 위로 사람이 지나가기를 기다린다
다리 밑 굴속으로 자꾸 들어가는 세월은
눈 밑이 퀭한 질문을 뚫고 어디로 새어나가는지
내가 앉은 곳에서는 어둠의 저편이 안 보이고
나는 굴다리 위로 지나갈 사람을 기다릴 뿐

스무걸음 멀리서 굴다리를 지켜보는 시간은
생의 끝자락을 조금씩 가져와 쓰는 오후
굴속으로 한곡씩 들어가는 나의 노래들이여
제발 귀에 더 머물러다오

굴다리 위로 사람이 지나가기를 기다리며
지나가다가 난간에 서서 제발
스무걸음 바깥의 나도 쳐다봐주기를

부르는 노래는 금이 간 창문 같아서
이름도 잃은 나무의 등걸에 앉아 구름이나 띄우며
다가설 수 없는 굴다리 위를 지켜보는 일은

굴다리 마을에서 유일하게 내가 가진 전부

도서관에 갔다가

하루를 헐어서 구립 도서관에 갔네
빌린 책을 옆에 끼고
갖가지 제목의 책들로 꽉 찬
서가 사이를 지나가면
창가 자리는 원래 누구에게나 비어 있네
그곳은 나를 위해 비어 있도록 태어났네
책은 읽는 척만 하고 2층이어서 창밖을 한나절 읽었네
굴뚝을 여럿 달고 있는 오후는 가난했지만
햇살로 내 등을 쓰다듬으며 다정했네
가난을 배우러 도서관에 간 것은 아닌데
창에 얼비치는 내 얼굴만은 외면하고 싶었네
그 표정은 책을 읽듯 할 수는 없어서
나는 가련했네
도서관에 갔다가
문맹이 되어서 집으로 돌아왔네

서울

무엇인가 일요일인데 왠지 아무 일도
하지 않아도 되는 일요일이어서
아무 일도 안 할 수는 없고 무엇인가
어디론가 걷는다

길가에 장미가 핀 유월은
나를 데리고 걷는다
장미를 보는 순간은 비행기를
볼 수가 없고 구름 위에서 들려오는
비행기 소리를 들으면 전화기 속의
당신을 들을 수 없어서 무엇인가 일요일인데
왠지 아무것도 안 할 수는 없고
걷는다 걸으면서 눈앞의 신호등이
서둘러 푸르게 변하기를 바라보며 나는
쓸쓸하지 않도록 걷는다

걷는다
걷는 동안 나는 나를 또
걷게 할 수는 없다

밑줄 그으며 죽을 쑨다

몸이 아파 흰죽을 끓인다 창밖에는
밑줄을 긋듯 비행기가 멀리 간다
적당하게 멀어지며 제 비행운을 거둔다
나는 이내 고개를 숙여

죽이 눌어붙지 않도록 젓고 젓는다
뜬 눈 속에 세 들어 사는 것들 밑에
쏟을까봐 귀담아듣는 말들 밑에
수많은 밤들 밑에 그었던 밑줄들

쳐다보니 하늘은 이제 아무 흔적 없이 맑다

쌀은 붇고 무르고 퍼져서 죽이 된다
내가 이리저리 젓고 긋다가 잠시 망설이는 동안
조금씩 되직해지는 어떤 손이 있어서
주걱을 잡았다가 다시 놓아주기를 한다
이 하루에게 죽은 움켜쥐지 않는 한줄의 안부
냄비 바닥의 밑줄들도 퍼지니
아픈 몸이 먹기 참 좋은 한끼다

행간의 산책

평생의 끼니를 적어놓은 책 한권이 있어서
끼니를 챙겨 먹고 나면 밥값을 하듯
행간에 무엇이라도 세워야 하는 것일까?

삼시 세끼는 모시는 일이라는데
오늘 저녁은 뭘 먹을까 내가 물으면
적혀 있는 대로 저녁밥이라고 나는 읽는다
그러면 틀린 대답일까?

행간에 고랑을 치고
이랑에 씨를 심느라 고단한 사람들아
밥을 먹고 행간을 산책하듯
잘 먹었다고 그저 고맙다고만 쓰면 안 될까?
책 한권 가득 끼니 아래 밑줄을 치고
모실 수 있어서 좋았다고만 하면 안 될까?
그러면 왜 안 될까?

20번 플랫폼

펼쳐놓은 책을 아무리 읽는 척해도
기차역에서 기차를 기다리는 시간은 길다
배웅이 아니라 마중이어서
떠남은 더더욱 아니어서
기차를 타고 올 딸을 기다리는 동안
나는 나를 그녀에게 조금씩 밀어본다

플랫폼은 모두 열아홉개
책을 덮을 시간이 다가온다
여기저기서 서성거리던 사람들은
한 문장의 인사를 뽑아 들고
뿔뿔이 제 기다림을 찾아간다
기차가 온다 기차가 정말 내게로 온다고
눈을 감으면 열리는 20번 플랫폼

약속을 안고 떠난 사람은 약속대로 돌아온다
열아홉개의 플랫폼마다 떠났던 사람이 돌아오지만
긴 의자에 혼자 앉아 두꺼운 책을 읽으며
밑줄을 긋고 귀를 접다가 고개를 드는 플랫폼이 있다

모두가 사라진 들판에서 바닷가에서 혹은
바람 속에서 고개를 또 숙여야 하는 플랫폼 하나가
당신의 기차역에는 있다

높은 봄 버스

계단을 들고 오는 삼월이 있어서 몇걸음 올랐을 뿐인데 버스는 높고 버스는 간다 차창 밖에서 가로수 잎이 돋는 높이 누군가의 마당을 내려다보는 높이 버스가 땀땀이 설 때마다 창밖으로는 봄의 느른한 봉제선이 만져진다 어느 마당에서는 곧 풀려나갈 것 같은 실밥처럼 목련이 진다 다시없는 치수의 옷 하나가 해지고 있다

신호등 앞에 버스가 선 시간은 짧고 꽃이 지는 마당은 넓고 '연분홍 치마가 봄바람에 휘날리더라' 그다음 가사가 생각나지 않아서 휘날리지도 못하고 목련이 진다 빈 마당에 지는 목숨을 뭐라 부를 만한 말이 내게는 없으니 목련은 말없이 지고 나는 누군가에게 줄 수 없도록 높은 봄 버스 하나를 갖게 되었다

흉터

여름 저녁에 발을 씻다가
정강이의 흉터를 만진다
초사흘 달 모양의 칼을 몸에 새겼다
지난 봄날 누군가와 부딪쳐 얻은 상처였는데
찔리거나 베이거나 혹은 눈이 매웠던

그러니까 상처란 모름지기 흉터란
찢어지고 짓물러도 그깟 사연쯤이야 하던 시절의 것
어린 시절에 모은 흠집들이 몸에 터를 잡고 산다
피를 흘리며 소리치면
놀라서 뛰어오던 가련한 어머니의 집

한데, 요즘은, 부딪침은, 상처는
왜 흉이 되나?
쉬 아물지를 않나?
지난 봄날에 얻은 칼 모양 흉터를 어루만진다
초사흘 달이 지지 않고 하늘에 오래 떠 있다

흉한 꿈을 꾸다 깬 저녁

마루에 오후의 봄볕을 깔고 그 위에 담요 한장을 더 깔고
엎드려 턱 괴고 바깥을 보면서 잠이 든 모양이다

흉한 꿈을 꾸다가 깨어보니 어느덧 몸이 식은 저녁
돌아가시기 전에 속이 안 좋던 아버지는
식은 밥을 뜨거운 물에 말아 드셨다

무엇을 할 수도 없고 하지 않을 수도 없는 해 질 녘에는
내 등을 두툼하게 덮어주다가 기울다가
인사도 없이 떠난 햇살이 너무 멀고
흉한 꿈속의 사람은 노을 진 서편처럼 붉게 피었다 진다

삼월의 빈집은 겨울보다 더 추운 계절
동네 아이들 노는 소리가 왁자한 저녁에
차가워진 배를 문지르면 배는 이내
뜨신 물속의 식은 밥처럼 온기가 돌고
배 속 먼 곳은 손이 닿지 않아서 여전히 차고
자다 깬 저녁은 금세 어두워진다

고장난 센서

어릴 때 먹던 고향 멍게보다
서울의 멍게는 잘생겼다
그래 봤자 멍게는 멍게지만

장을 보고 마트를 나오려는데
출입구의 도난 방지 센서가 울린다
경비가 장바구니를 열어보란다

영수증에 적힌 대로
멍게 두알과 소주 한병
그리고 바다 냄새 조금

다시 한번 센서를 지나쳐보란다
이번에는 그분이 웬일로 먹통

수산물 코너에서 준 바다 냄새야 덤이지만
고향 봄 바다를 몰래 챙겨 가려는 도둑놈 심보를
모르는 척해주는 거겠다

어떤 면접

두명의 입학사정관 앞에 혼자 앉은 그는
문경에서 어제 저녁차로 올라왔다 한다
서울에는 아는 사람이 없어서
동서울터미널에서 시월의 낯선 밤을 새우고
지하철과 버스를 갈아타고 왔다 한다
눈빛이 말처럼 더듬거리는 고3 졸업반
사회복지학과를 졸업하면 요양원들을 다니면서
집 나간 아버지를 찾겠단다
터미널 긴 의자에 앉아 면접을 준비하던 지난밤
생활기록부와 자기소개서와 가족증명서를 읽으며
어릴 때 헤어진 엄마가 오래전에 죽었다는 사실을
열아홉이 되어서야 처음으로 알게 되었다 한다
국영수보다 어려운 가족이라는 과목의 등급은
생활기록부에도 없어서
가늘게 떠는 목소리에 몇점을 주어야 하나
일찍이 그의 전재산이 되어버린 난감의 표정은
가필할 수가 없고 지울 수도 없는 개근의 무늬
동공에 길게 고여 있는 자기소개서의 필체
틀어진 바지 밑단 아래 드러난 그의 맨 발목이

젖은 걸음으로 또박또박 써야 했던 지원 동기이고
앞으로도 계속해야 하는 필생의 학업 계획인데
푸르스름한 전등 불빛 아래 질문도 대답도 머뭇거린다

제 2 부

런던은 외로움부 장관이 임명되는 당신의 나라

사흘째 가는 비가 와서
런던

사흘째 가는 비가 와서 굴뚝 연기들도 지붕을 타고 흘러
내렸다 보건소의 얼굴 짙은 의사는 웅얼거리는 표정을 겨우
만들었다 골목까지 내려앉은 하늘 불지 않는 바람 젖기만
하는 나무의 날들, 지빠귀는 밤에 한번 더 운다

런던은 비닐로 오래 덮어둔 반죽 같고 저 멀리 빌딩 옥상
에서 비 맞으며 담배를 피우는 사람이 까마득하지가 않고
비에 웅크린 지붕들처럼 걷는 소리만 가득한 거리 그외에는
신기한 것도 궁금한 것도 없이 비가 온다 어제나 오늘이나
내일조차 모두 한통속이 되어 버스를 기다린다 오른쪽을 바
라본다

얼굴이 뭉개지도록 사흘째 가는 비가 와서 얼굴에서 흘러
내린 자그마한 얼을 손에 받아 들고 걸음은 멀리 가야 한다
반죽을 아무렇게나 뜯어도 수제비가 되던 그런 생애를 다시
한번 가져 볼 수 없다면 쓸쓸하도록 표정을 감춘, 이 비의 나
라를 힘껏 껴안을 수밖에 없다

이을 수 없는 길
런던

오래간만에 날이 좋아 오전에는 동쪽 창과 서쪽 창을 열어서 막혔던 동서를 잇는다 고여 있던 구름이 다락방 안을 지나가고 굳어 있던 옛날에 피가 돈다 비 그친 후라 헤어졌던 풍경들이 마룻바닥 위에서 온전히도 반갑다 삼월도 말경인데 수선화가 지고 목련이 피었는데 말해줄 사람이 없다 라디에이터에 걸린 수건에서 묻어 있던 얼굴들이 마른다 창틀에는 꽃도 없이 목이 긴 꽃병 그가 쥐고 있는 좁다란 길처럼 끊어질 듯 너무 멀리 간 것들은 이곳과 이을 도리가 없다 끊어지지 않아서 이을 수도 없으니 그러면 창문을 연들 멀리 바라본들 무슨 소용이 있겠나

페컴

런던

힘주어 읽게 되는 동네 이름 페컴은 없는 고개라도 넘어
와야 하는 곳 자메이칸 흑인들이 많이 사는 곳 소문에 어두
운 곳 궂은 날이 많아서 자주 꾸덕한 바람이 불고 거리에는
서너집 건너 억센 머리카락을 자꾸 쳐내야 하는 흑인 전용
이발소가 많았는데

어느 날에는 머리를 매만지며 이발소를 나오는 청년이 있
었고 바싹 깎은 내일의 윤곽이 선명했고 건들거리는 사람
모양으로 오려진 그의 등 뒤에는 수줍게 지는 꽃 슬쩍 개려
는 하늘 그 쑥스러운 풍경으로 그가 다가왔다 흰 이를 보여
주며 웃는 검은 눈동자를 나는 외로 지나친 듯도 했다

페컴에 와 살면서도 유난히 흰 이에 대하여 유난히 검은
밤에 대하여 묻지 않았다 다락방의 비스듬한 쪽창에 비가
흐르는 봄에는 빗속에서 지빠귀는 울지 않는다고 쓰기도 했
는데 마룻바닥에 이불을 깔고 잔 지가 오래되면서 아픈 등
을 가졌다 등이 묻은 옷을 세탁기에 넣고 돌릴 때마다 가을
의 집이 함께 울어주어서 별자리가 바뀌어도 검은 페컴은
배울 만했다

트래펄가광장의 무하마드 알리
런던

한차례 전투가 끝난 것처럼 구름도 없는, 런던의 하늘, 몸집이 큰 남자가 내셔널갤러리 앞 계단에 앉아, 트래펄가광장을 보며, 샌드위치를 먹는다, 중년도 아니고, 노년도 아닌, 그저 쓸쓸한 점심, 얼룩무늬 점퍼에 붉은 야구 모자를 쓰고, 한 손에는 물병을, 다른 한 손에는 떨리는 끼니를 들고 있다, 투명한 뺨에 얼비치는 실핏줄들이, 설산 가는 길의, 얼음 속 자갈 같으다, 만장처럼 펄럭인다, 바람도 없는 날인데, 식사하는 왼손이, 흙 물결 일듯이 떤다, 무하마드 알리의 주먹이, 말년에, 그랬던 것처럼, 그리고 물병을 든 오른손은, 말없이 왼손을 기다린다, 양손이 다정하다, 한쪽으로 기우는 그를, 부축하며 일어서는 여인이 있어, 사내의 어깨에 묻은 햇볕도, 떨고, 광장도 함께 떨어준다, 베껴 그릴 수 없는 그림도, 있다.

가로등 아래
런던

가로등이 밤에 구걸한 빛을 남겨놓은 듯
불 꺼진 낮에는 전깃불 같은 여인이
담요로 무릎을 덮고 앉은
가로등 아래

가로등 아래로의 시선은
어둠 속의 불빛밖에 없는 듯해도
아침이 오면 집을 나서는 이들에게
종이컵을 내밀어보는 가로등 아래
고개를 떨구어 빈 컵에서 보게 되는
몇푼의 빛 희미하다가 가물거리는

얼마나 많은 가로등이
밤마다 불을 켜고 아침을 불렀을까
밤새 가로등 불빛이 쓸고 닦은 가로등 아래
지도에는 없는 쓸쓸한 망명 나는
그녀의 이민이 한푼 더 봄볕 쪽이기를 바라지만
거저 오는 아침은 없고
이 추운 봄 그녀의 지난밤이

노숙이 아니었기를 구걸하듯 지나칠 뿐

플랫 세븐의 선인장

런던

플랫은 우리말로 다세대주택이다 그중에도
4층까지 올라가서 오른쪽 집 플랫 세븐은
여럿이 함께 쓰는 셰어하우스다
부엌과 화장실을 나누고
문과 벽을 나누어 써도 사실은
잠시 머물다 떠나가는 사람들이 많아서
나누지 못하는 것이 더 많다

부엌 창가에 주먹만 한 선인장이
마르고 있어서 물을 준다 선인장에게는
어느 날 말없이 떠나간 말 친구가 있었을 테다
누가 사놓았는지 언제 물을 주었는지
아는 이가 없어서 마른 화분에
나직한 몇 마디 물을 준다 그는
물에 묻은 것을 얼른 빨아당긴다

선인장에게 물을 몇번 더 주면
창가에 그를 남겨두고
나도 이 플랫 세븐을 말없이 떠나야 한다

플랫도 많고 세븐도 많은 곳으로

식은 굴뚝 위의 지빠귀
런던

해 짧은 가을 쪽으로 굴뚝을 들이민
낡은 벽돌집은 3층짜리 공동주택이다
굴뚝에 앉은 검은지빠귀의 다리는 흙빛
용마루에 붉은 벽돌을 제단처럼 쌓고 그 위에
포신 같은 굴뚝은 모두 여섯개

한 사내가 속옷 차림으로 외벽 비상계단에 앉아
발톱을 깎는다 내다 건 침대 시트는
어스름에 젖어 마르지 못하고
하루 줄어든 맨발을 챙겨서 그 사내
젖은 잠을 맞으러 제집을 용케 찾아 들어간다

굴뚝마다 오르는 집집의 저녁 열기는 달라도
하늘은 모두 한가지로 어른어른하다 그러니까
새가 골라 앉은 차가운 굴뚝 하나는
글썽거리지도 못한다 주둥이가 깨어져서
다시는 입을 다물지도 벌리지도 못하는 굴뚝

빈집 굴뚝에 귀 기울이던 지빠귀가 날아오른다

그가 발에 움켜쥔 것들도 함께 멀어진다
깨어진 굴뚝만 어두운 지붕에 남는다

일인용 전기밥솥
런던

뒤돌아서 있겠다는 거지 알아서 찾아오라는 거지 식탁 귀퉁이에 전기밥솥이 빈 논에 내린 저녁처럼 적막하다

일인용 밥솥은 새벽마다 두끼의 쌀을 안치도록 가르치고는 종일 돌아다니다 온 사람에게 늘 한그릇도 안 되게 저녁밥을 남겨서 배곯는 것을 가르치려는 건지 탓하는 날이 많았다 밥그릇에 담긴 몇술의 허기가 누구 것인지를 몰랐다

저 혼자를 위해 밥을 짓고 나면 식탁에서 마주하는 한그릇의 밥은 따뜻한 끼니가 되기도 하고 지친 몸이 거친 마음을 돌보는 저녁이 되기도 하고

가난은 손쉽게 들이지는 말라고 알아서 그를 찾아가 문을 두드리라고 밥을 다 비운 밥솥이 텅 빈 논에 뒤돌아선 채로 먼 데를 바라보고 있다

알뜰한 이별
런던

모두 거두어 떠나온 이곳은
알뜰한 이별의 후라도 늘 흐린 하늘이고요

낯선 곳의 처소는 아무리 돌아눕는다 해도
창문이 달린 좁다란 방이에요

감은 눈은 보이지 않는 것들도 망막에 새기고요
들이쉬면 모든 숨들이 모여 허파가 되지만
내쉬면 헛것들만 남은 몸이 됩니다

오늘은 오후에 내리다 그친 비가 한밤중에 마저 내려서
일기에는 움켜쥘 수 있는 비는 없다고
짧게 썼습니다

새벽에 지빠귀가 울면 비는 그쳤다는 뜻입니다만
알뜰한 이별은 살뜰하다고도 생각했습니다만

런던은 제국의 수도
런던

시내의 한인 마트에서 장을 보고 집으로 갑니다
이층버스를 타고 내려다본 낮에는
양복이 잘 어울리는 백인 청년이 혼자
맥도날드 창가에 앉아 늦은 점심을 먹습니다

템스강을 건너 길은 남동 방향이어서
텅 빈 만두 가게 카운터에 앉아 있는
중국 여인의 뜨개질은 이제 다짐이 아닙니다

나는 두부 한모를 사러
멀리까지 가서 돌아오는 중입니다
이곳은 가을이 매우 무른 도시입니다
이곳은 저녁이 빨리 오는 북쪽입니다

버스는 서둘러 온 저물녘을 막 지나고
보조기를 밀며 때가 낀 벽돌의 교회로 들어가는
노인과 그의 늙은 아내를 지나쳐 오면
두부를 넣은 찌개가 식탁에 오릅니다
침대가 너른 제국에도 밤이 옵니다

그리고 이곳은

외로움부 장관이 임명되는 당신의 나라입니다

열두 색 색종이들을 차례로 오리는 듯이

꿈을 꾸는 밤이 옵니다

저 많은 플라타너스 잎들
런던

마룻바닥의 가느다란 봄 햇살 위에
플라타너스 씨가 날아와 먼 곳은 시작되었다

장 보러 가는 가로수 길도 플라타너스여서
가지에 매달려 있는 사월을 쳐다보는 날이 많았다

진즉에 플라타너스 붉은 꽃들이 졌다고
말해줄 사람이 오월에도 생기지가 않았다

흙은 차야 하고 나무는 차지 말아야 해서
두부 한모를 사러 멀리 가야 했다
비는 자주 왔지만 장마라고 하지 않았다

여름 끝에 서둘러 진 플라타너스 이파리가 길에 많았다
하필 내 발밑에 붙어서 걸음을 나누어 걸었다
나의 먼 곳을 누설하지는 않았다
그의 먼 곳을 묻지도 않았다

플라타너스 플라타너스

그러니까 나의 런던은 온통 플라타너스였는데
사람들은 안으로 문을 걸어 잠근
단단한 열매 아래를 잘도 다녀서
그들의 먼 곳이 사랑스러웠다

김종삼과 시인의 아내
런던

런던에 도착한 지 사흘 만에 부고를 듣는다 정귀례 여사 남편을 잃고 35년을 더 살다 간 김종삼 시인의 아내 집에 돈 한푼 가져다준 적 없이 남편은 밤마다 술 취한 채로 돌아와 시를 썼다고 가냘프게 입을 막고 웃던 그녀

낯선 밤을 밤으로 여기려고 애쓰다가 기어이 일어나 앉으니 저녁부터 내리던 비는 줄지 않아서 아내를 다시 만난 김종삼처럼 술을 마시고 시인처럼 시를 써본다
  그와는 웃음이 다르고 가난이 달라서 따라갈 수 없는 구부정한 외로움이 달라서 나는 겨우 술이나 한잔 더 따라 마실 뿐인데 빗소리에는 '시인이 못 됨으로 잘 모른다'*는 그 말

유리창을 긋는 빗물이 시가 아니라면 밤비 속에 앉아 울어주는 지빠귀가 시가 아니라면 도대체 시인이 못 됨으로 뭐가 시인지 잘 모른다는 그 말

아내를 만나 오래 웃는 김종삼, 시도 술도 다 필요 없다는 그의 말

창문의 발견

런던

다락방의 창문은 내 방에 기대어 있어서
다양한 목소리로 비가 오지
아니, 그게 아니라 온다니까 내게로
양은 컵을 두드리며
때로는 막대기로 담장을 긁으며
새로 사 신은 구두를 아껴 걸으며
나를 만나러 오지

하지만 비는 언제나 창문 밖에 서서
다가오는 시늉을 거느리고서
읽을 수 없도록 흐릿한 표정만 짓지
빗소리를 보내지
첫사랑을 얼굴에 쓴 듯
이별의 날을 흉내 내는 듯
비는 내게 빗소리만을 보내지
그런 줄로만 알았지

그러나 나는 이제 창문을 말하려네
빗소리는 비가 내는 것이 아니라

창문이 내는 아픈 소리
그러니까 내 방에 기대인 창문은
내 곁의 먼 곳이었네

표정 할례
런던

비 오는 날
버스정류장에 한 여인이 먼저 있었다
내가 기다리는 버스는 오지 않았다
혼자였고 젊었고 흑인이었다
갓 이민 온 듯 표정을 할례 했다
나는 비가 오는 오른쪽만 바라보았다
할은 왜 예일까 유난히 검은 눈동자여서
흰자위가 붉었다 붉은색 버스는
목적지를 알 수 없는 것들만 왔다
정류장의 의자는 좁고 길었으나
그녀는 앉아서 앞을 보고
나는 서서 오른쪽을 보았다

정류장에 사람은 더는 오지 않고 비는 와서
물푸레나무 낭창한 가지 아래 빗물이 고였다
천천히 섞이고 있었다 그들은 모두 힘껏
젖은 표정이었다

런던의 다락방 농사

런던

1. 입춘

런던에서도 농사는 멈출 수 없어서
지붕에 난 하늘 창 두개를 거느리고 산다
창 아래 누워 비를 익히고 구름을 터득한다
비와 구름은 어디에서나 싹을 틔운다

2. 경칩

밤에 일어나 창에 다가가면 하늘 창은 겨우
지붕 건너 또 지붕들만 보여준다
그 아래로 컴컴한 길을 지나가는 아마도
앰뷸런스 소리
미명인데도 궁금하게 멀어져가는
오토바이의 굉음들 깜짝깜짝 놀라도록
안 보이는 소리들은 함부로 자라는 질문
서둘러 뽑아버리려다가 그대로 둔다

3. 곡우

비 오는 밤의 의자는 올라서는 의자
창문 밖으로 머리를 한껏 내밀어야
비가 가리키는 곳을 내려다볼 수 있다
빗방울이 정답이라고 채점을 한 곳에
아침이 온다 그러면 길은 열심히
발소리를 경작한다

4. 상강

지붕에 앉은 지빠귀의 밤 노래나 듣고 살려 했으나
입하가 오기 전에 새들은 떠나서
계절 내내 비탈 창에서 비를 길렀다
그리고 이제 서리가 내리면
나는 서울로 돌아간다
비와 새소리를 거둔 밭은 비었지만
최고의 수확은 열매도 없이 돌아가는 것

그러면

다락방 농사가 잘되었다는 것이다

제 3 부

그래요 그러니까 우리 강릉으로 가요

외할머니의 허무

디딜방아 옆에 개복숭아 한그루가 있었다
기댈 데가 없었는데 자꾸 기울었다
외할머니는 그 나무 곁에
속이 궁근 대파를 심고는
매일 파 속에 바람을 채워주었다

그녀는 손에 허무*를 쥐고
허무의 비스듬한 날은 흙을 고르고
그녀와 허무는 빠듯한 땅에 숨을 넣었다
그러면 저녁은 아궁이 속에서 타올랐다
아궁이는 밥을 짓고 밤새 구들을 데우며 제 속을 비웠다

외할머니 가시고 광에는 진짜 허무가 걸렸다
허무는 어둠 속에서도 빛나는 날을 가졌다
개복숭아는 기침 앓는 아이들에게 약이 되었다
상강에 뽑은 대파가 제 속에서 매운 침묵을 꺼내듯
단단한 바람이 속 빈 바람을 오래 다스렸다

* '호미'의 방언.

남항진에 잔교를 짓고

남대천이 끝나는 남항진 해변에 나무 잔교를 짓습니다 잔교 끝에 엎드려 그 푸른 물을 내려다봅니다 민물이 하구의 짠물에 섞여 어떻게 바닷물이 되는지를 봅니다 남대천 물이 더이상 나아갈 남쪽도 없는데 이곳은 남항진입니다 남으로 더 항진한 것들은 그리운 것들입니다 물은 손끝에 닿을 듯 닿지 않습니다 나는 오래도록 시내 천변에서 살았습니다 오늘은 남대천 하구에 와서 남항진에 와서 나무 잔교에 엎드려 물에 비친 얼굴을 봅니다 파도에 휩쓸려 사라진 얼굴들이 몰려와 내 얼굴에 섞입니다 잔교는 자꾸 삐걱거리기만 해서 정든 해변입니다 해는 대관령 너머로 집니다 바닷물에 눈물을 섞는 것은 사람의 일입니다

오리바위 십리바위

여름이 끝날 때마다
오리바위까지 헤엄쳐 갔다 왔다고 자랑하는
아이들이 교실에 점점 늘었다
개헤엄이든 칼치기헤엄이든 중요하지 않았다

중학생이 되자 단발한 여자애들은
더이상 해수욕을 하지 않았고
등껍질이 두번은 벗겨져야 여름이 갔고
오리바위는 여전히 멀었다

경포 바다는 열걸음만 들어가도 키를 넘어서
오리바위는 바라보기만 했다 몸 크면 가보리라 했다
그 바위 뒤에는 가물거리듯 십리바위가 있어서
간혹 거기까지 헤엄쳐 갔다 온 아이들은
서둘러 어른이 되었다

십리바위 너머로는
바위도 없이 바다가 넓기만 했다
흔히들 망망대해라 했다

아버지 손을 잡고 해변을 나오다가
그 먼 저녁 바다를 다정하게 돌아보고는 했다

주문진, 조금 먼 곳

강릉여고 근처에 모여 동기들이 자취나 하숙을 할 때
그녀는 이른 아침 시외버스를 타고 매일 통학을 했다
시내의 머스마들이 주문진 출신을 두고
나릿가라고 놀리던 날이 있었다

강릉과 주문진은 멀지도 가깝지도 않은 사이
세월을 따라 어떤 곳은 더 멀어지기도 하고
또 어떤 곳은 가까워지기도 했는데
명주군 주문진읍이 지금은 강릉시 주문진읍이 되어서
닿을 듯 닿지 않던 조금 먼 곳이 사라져버렸다

멀지도 않고 가깝지도 않은 곳은 아주 먼 곳
조금은 멀고 조금만 가까워서 닿을 수 없는 곳
머리에서 바다 냄새가 나던 그 여고생은
말 한마디 못 붙여본 그녀는
가물거리는 그날의 주문진 조금 먼 곳이고
먼 곳과 가까운 곳만 남은 이제는
조금 먼 사랑은 사라졌다

강문에 비가 오면

서투르게 강문에 초가을 비가 온다
한 여인이 덕대에서 급히 오징어를 걷는다
허겁지겁 한 떼로 몰려온 경포호 물들이
강문 솟대다리 아래를 지나 뿔뿔이 바다로 든다
오래 고여 있던 다정함을 두고 경포가 강문이 되면
민물이 바닷물에 섞이는 저녁

여인이 처마 아래에 서서 한 손으로 비를 턴다
가슴에 품은 오징어가 점점이 비에 젖고
바닷바람에 마르던 오후가 저녁에 젖는다
강문에 비가 오고 강문이 닫히면
그녀는 저문 집의 문을 안으로 건다
창문 가득한 그녀의 집이
바다 쪽으로 조금 더 다가선다
강문에 비가 오면
대관령 너머 해가 졌는지 알 수가 없어서
사람들은 몸을 돌려 자꾸 서쪽을 돌아본다

안목을 사랑한다면

해변을 겉옷처럼 두르고
냄새나는 부두는 품에 안고
남대천 물을 다독여 바다로 들여보내는
안목은 한 몸 다정했다

걸어서 부두에 이른 사람이나
선창에 배를 묶고 뱃일을 마친 사람이나
안목의 저녁에 서 있기는 마찬가지였다

바람의 방향은 밤과 낮이 달랐다
그때마다 묶인 배는 갸웃거리기만 했다
모든 질문에 다 답이 있는 게 아니었다

여기가 물이 끝나는 곳인가 물으면
그저 불을 켜서 저녁을 보여주는 안목
묻는 건 사람의 몫이고
밤바다로 떠나가는 배를 보여주기만 하는 안목

우리가 삶을 사랑한다면

안목에게 묻지를 말아야지
불 켜진 안목을 사랑한다면
천천히 걸어 집으로 돌아오는 길을
잊지 말아야지

묵호

아버지 따라 기차 타고 자주 갔다
불임으로 일찍 쫓겨나 평생 혼자 살던 고모
마당 좁은 집은 묵호항의 저탄장 뒤였다
처마 아래 회벽에서 굳어버린 검은 물결무늬는
바람이 불어도 잘 바뀌지가 않았다
어린 조카 왔다고 문어를 잘 삶던 묵호였다

해가 지던 어느 날에는
고모부의 아들이라며 절을 하던
고모더러 큰어머니라고 부르던
낯선 젊은이의 손을 잡고 한참을 울던 고모
고모부를 닮았다고 묵호처럼 더 울던 고모

치매 끝에 고모가 멀리 데리고 간 묵호는
다시 돌아오지 않았다
흰 벽의 검은 물결무늬는 사라졌지만
묵호는 여전히 물도 새도 검었다
비가 올 때마다 질척거리는 묵호는
바람이 불어도 동해가 되지 않았다

* 1980년 묵호읍은 북평읍과 합쳐져서 동해시가 되었다.

뜻도 모르고 읽는 책

처음 가보는 바닷가였는데
해변의 여관방에 자리를 깔고 누웠더니
그곳에는 어두울수록 잘 읽히는 책이 있었다
밑줄을 칠 수도 없고
귀를 접을 수도 없는
사실은 읽어도 뜻을 알 수 없는 책

그 옛날 고향의 순굿 해변에 가면
무허가 소줏집에 가면
레코드판을 따라 돌아가던 노래
아껴 듣던 그 노래를 생각하는 밤이었는데
노래는 시들고 소줏집은 철거되고
그러다가 몸은 누워 잠이 들었는데
뜻도 모른 채 페이지만 절로 넘어가는 책
똑같은 소리가 밤새 계속되는 것 같아도
잘 들으면 매번 다른 소리를 내어서
잠들기 전에 소리를 세는 가련한 밤이었는데

나는 그 책을

버리지 못하고 들고 온 모양이라
오늘은 그 먼 바닷가가
곁에 와 함께 눕는 밤이다
뜻도 모르고 다만
사전에도 없는 그 순긋한 소리에 빠져
뜻도 모르고

속초

내 어릴 때 아버지 직장이 속초여서 강릉에서 시외버스를 타고 북쪽으로 올라오고는 했다 그 바다의 해안선은 오늘도 곧은데 먼 수평선이 둥근 것은 파도가 치는 동안은 눈을 감을 수 없다는 것이겠다 바다는 그런 것이겠다

파도가 다 같은 소리를 내는 것 같아도 내 앞에서만 나는 소리였다 앓는 소리였다 바닷가에는 나만 있는 것이 아니었는데 저들 앞의 파도 소리는 들을 수가 없었다 지독하게도 너른 해변이었는데 나눌 수 없는 파도 소리였다 모래에 묻힌 발목들이 가련했다

고개를 돌리면 저 멀리 오른쪽 해변에서 아이와 노는 젊은 부부 까마득한 그곳에서 시작하는 수평선은 휘는 듯 빠르게 휘익 내 눈앞을 가로질러 왼쪽 바다 끝 너머로 가신 아버지 천천히 눈을 감아도 눈을 떠도 보이는 바다는 무덤처럼 반만 둥글게 파도 소리를 내는 바다는 누구에게나 하나씩은 있어서 눈 뜨고 보라는 것이겠다 겨울 바다였고 북쪽이었다

대관령 너머

강릉으로 간다고 네게 말했다 잘 다녀오라는 말을 들은 것도 같다 대관령은 혼자 넘어야 하는 고개고 미루어두었던 죽음이 있다면 그와 서로 맨발로 만날 것만 같은 해변이 있다 봄 바다는 눈앞이고 돌아보아도 대관령 너머는 보이지 않는다

바다를 향해 내리닫이로 겹겹인 산들을 지나왔는데 해변에서 돌아보면 먼 산도 가까운 산도 없이 그냥 해 질 녘이다 늘 그렇듯이 너의 소식은 내게 오는 중이고 대관령 너머에 네가 있고 대관령 너머에 내가 있다 해가 지고 있다

발목은 파도에 젖고 발목은 모래에 묻힌다 대관령 높은 고개를 돌아보면 그날의 다짐들은 순전히 모래 위의 것이어서 저녁의 바다는 발등을 정강이를 무릎을 감싼다 오래전 대관령 옛길을 따라 너에게로 갔고 너는 사랑스러웠고 노을을 등지고 돌아오면 바다는 눈앞이다 어두워질수록 파도 소리는 크게 들리고 너도 함께 어두워지는데 잘 다녀오라는 말은 따뜻했다

불멸의 동명극장

글자를 배우기 전에 우리는 동명극장을 먼저 배웠지요
그러니까 극장 이름이 동명이 아니고요
나직하게 소리 내 부르면 나타나는 그 동명극장이요

택시부를 지나 양조장을 지나 천변이고요
글자도 아니어서 받아 적을 수 없는 그 동명극장이요
나지막하게 동명극장을 부르면 일곱살 몸이 되었다가
열다섯 몸도 되었다가

열아홉살 몸은 대관령을 넘고
또 넘지 못할 고개도 없이 살았는데요
오래전에 폐업했다는 동명극장은요
부르지 않아도 이미 소리가 되는 그곳은요
동명도 아니고 극장도 아닌 불멸의 동명극장이에요
그냥 몸이 없는 몸이에요 내 곁인데 갈 수는 없어요

철다리의 일

강릉에는 남대천 위로 기차를 건네주는 철다리가 있었다 먹 감다 아이들이 빠져 죽는 교각도 몇개 거느렸다 바다까지 이어진 천방둑은 천변에서 영락없이 철다리 아래를 지나가야 했다 좁은 시멘트 굴을 만들어놓고 그 너머에 바다를 두었다 바다로 가려면 왕왕거리는 제 소리를 누구나 들어야 했어서 그곳에 혼을 놓고서야 빠져나갈 수 있었다 여름이 와서 물에 빠져 죽은 아이들이나 겁도 없이 철다리 위를 걸어간 아이들이나 고향으로 돌아오지 못했다 철다리를 건너지도 굴을 지나가지도 못한 아이들은 그저 천변에서 오래 살았다 철다리 건너 멀리에 대처가 있었고 시멘트 굴 너머에는 바다가 있었다 멀리 가는 것은 모두가 철다리의 일이었다 한번 떠나가면 더 멀리 갈 뿐이었다

사근진

오래전에 철거된 무허가 소줏집은
경포 해변의 끝이었다
이름이 없고 사방이 유리창이어서 그냥 유리집이었다
한뼘 더 변두리인 사근진이 잘 보였다

경포에서 북쪽으로 지척인 사근진은
불 속에 침묵을 넣고 그릇을 만든다는 사기 장수의 나루
여름 해변의 가장자리에 놓여 경포도 아니고 그 너머도
아닌
가을의 변방

이를테면,
추워져서 우리는 유리집에서 소주를 마셨던 것인데
할 말이 없어지면 겨울 사근진은 파도 소리를 데리고
유리집에 조금 더 가까이 왔다

유리집이 사라져도
사근진은 남아

사근진이 없다면 말없이

조금 먼 곳을 바라볼 경포도 없을 것이다

해변의 밤

불을 끄고 누우니
파도는 없고 소리만 있는 거야

자꾸만 밀어내도
바닷가의 내 이불 속으로
들어오는 거야
파도는 없고 소리만 가득한 이불을
덮고 자야 하는 거야

잠시 나는 잠이 들기도 하였던 모양이지
잠의 바깥에서 파도는 기다렸던 모양이지
내가 잠 깨기만을 기다렸다가 이내
너는 지금도 캄캄한 해변이라고 어렴풋하게
온몸에 스며드는 소리만 있는 거야

꽃이 지던 창밖의 먼 과수원도
그날의 사랑도
이제는 소리만 있는 거야
해변의 밤이야

그런데 해변에는 밤낮
파도가 있기는 한 걸까?

쓸쓸함과의 우정

일곱살쯤이었어요 집 근처 남대천 변의 제방에 올라 바람도 없던 그 오전에 처음으로 쓸쓸했던 거예요 모래톱에 내려가 납작돌들로 집을 지을 때 봄 햇살이 데리고 왔던 쓸쓸함이 처음으로 나의 돌집으로 들어왔던 거예요 함께 바라보던 바다 근처의 하늘은 너무 멀기만 해서 쓸쓸함과의 어색했던 모래놀이였어요

쓸쓸함과 나와의 우정은 점점 깊어져서 변함없을 거라 믿었어요 그후로 종종 찾아오는 그는 표정을 고치지는 않았으나 나는 보았어요 함부로 칼질을 해 흠집이 나 있던 침묵들, 깃털 빠진 눈빛이 올려다보던 하늘들, 어둠을 끌어와 덮으려는 마른 손의 취침들

이제 낡고 지저분해진 나의 쓸쓸함은 방랑을 탕진하고 갈 데도 없어졌지만 남대천 모래톱 그 따뜻한 돌집으로 돌아가 함께 살 수는 없을 거예요 가는 비조차 피할 도리가 없는 정처란 그런 거예요 내가 돌볼 수밖에 없는 그저 쓸쓸한 쓸쓸함이 된 거죠 서울은 그래요 그러니까 우리 강릉으로 가요 돌집은 사라졌어도 우리 손잡고 바다를 볼 수는 있잖아요

임당동 장칼국숫집 광고

누군가 물으면
붉은 기와집이라고 말했던 그 옛집
아버지 돌아가시고 팔아버린 그 집을

지금도 나는 당당히 들어갈 수 있지
어쩌다 장칼국수 식당이 되어버린 그 집으로
칼국수를 먹으러 가네 고추장을 풀어 칼칼한 그 맛

붉은 기와집을 사시고는 이사를 하기도 전인데 아버지는
일요일마다 어린 자식들을 앞세우고 그 집 보러 가셨지 대
문을 물끄러미 보다가 돌아오는 일밖에 없던 참으로 옛날
아버지의 일 첫 집이자 마지막 집 시름시름 앓다가 팔린 집

아직도 나는 아버지의 집에 갈 수 있지
장칼국수 한그릇이요 소리를 친다네
얼얼한 그 맛 매워서 눈물 나는 맛
문패는 떼어졌어도
여전히 90-9번지 붉은 기와집
국수 맛이야 말할 필요가 있나

육체가 비밀을 속살거리는 자리

송종원

1. 세상의 구조와 무한의 쓸쓸함

『그래요 그러니까 우리 강릉으로 가요』는 부의 순서를 거꾸로 읽기를 권할 만하다. 그럴 때 시집의 바탕에 놓인 서사적 흐름을 쉽게 감지할 수 있기 때문이다. 3부 '그래요 그러니까 우리 강릉으로 가요'에는 이 시인에게 찾아든 감각의 원형이 발견된다. 또한 지방 소읍에서 대처로 나가는 성장 과정을 거친 시인이 마주하게 되는 세계 인식의 틀이 자리한다. 2부 '런던은 외로움부 장관이 임명되는 당신의 나라'는 3부와 마찬가지로 삶의 장소가 바뀐 경험을 매개로 하는데, 그 과정에서 시는 시인의 감각이 파고드는 내밀한 시간의 풍경을 그려 보인다. 3부가 시 세계의 골격을, 2부가 살집을 보여주었다면, 1부 '서울은 걷고 있는 나를 또 걷게 할 수는 없지'에는 그 뼈와 살을 지닌 육체가 이동하며 자신의 바깥으로 확장되어가는 에로스의 움직임이 풍성하게 그려진다.

강릉에는 남대천 위로 기차를 건네주는 철다리가 있었다 먹 감다 아이들이 빠져 죽는 교각도 몇개 거느렸다 바다까지 이어진 천방둑은 천변에서 영락없이 철다리 아래를 지나가야 했다 좁은 시멘트 굴을 만들어놓고 그 너머에 바다를 두었다 바다로 가려면 왕왕거리는 제 소리를 누구나 들어야 했어서 그곳에 혼을 놓고서야 빠져나갈 수 있었다 여름이 와서 물에 빠져 죽은 아이들이나 겁도 없이 철다리 위를 걸어간 아이들이나 고향으로 돌아오지 못했다 철다리를 건너지도 굴을 지나가지도 못한 아이들은 그저 천변에서 오래 살았다 철다리 건너 멀리에 대처가 있었고 시멘트 굴 너머에는 바다가 있었다 멀리 가는 것은 모두가 철다리의 일이었다 한번 떠나가면 더 멀리 갈 뿐이었다

—「철다리의 일」 전문

누구도 그 길을 지나가라고 명령을 하거나 요청을 하지 않았는데도 돌이켜보면 묘하게도 무언가에 떠밀리듯 그 길을 지나온 것 같다. 지방 출생들이 고향을 나서 대처로 나가는 일이 대개 그러하다. 성공한 인생이 되려면 젊은 사람은 고향에 머물러서는 안 된다는 것이 근대 이후 지방 사람들

에게는 불문율이었다. 그렇기에 대다수의 지방 사람들은 고향을 으레 벗어나야 하는 곳으로 알고 자랐을 것이다. 그러고 보면 대처에 이르는 도로와 철길은 애초부터 지방 사람들의 삶이 움직여나갈 방향을 어느 정도 정해놓은 셈이다. 이야기를 좀더 이어나간다면, 도시와 지방 사이의 여러 낙차는 우리가 경험할 슬픔과 좌절 또한 이미 그 길에 예정해놓고 있었다는 결론에 이른다.

바다에 이르기 위해 시멘트 굴을 통과하면서 들어야 했던 소음이 혼을 빼놓았던 기억의 반추는 사실 유년의 한 풍경에만 그치지 않는다. 성인이 되는 과정에 철다리 위의 기차를 타는 일 또한 영혼의 뒤바꿈 같은 충격을 내장하고 있다. 지방 사람들은 대처로 나가는 길에 올라설 때마다 비장해진다고 하지 않던가. 어린아이가 바다에 이르는 모험을 하는 과정과 지방 출신이 성장 과정에서 대처로 나가는 여정이 그와 같이 닮았다. 바다에 이르는 길이 어린 생명을 앗아가는 사고를 품고 있는 것처럼 대처에 이르는 길 역시 순박한 영혼과 육체가 마주할 불행을 예비하고 있다고 말할 수 있겠다.

어쩌면 시인의 눈에는 이제 그 죽음과 슬픔들이 우연한 사고의 결과가 아니라 견고하게 구축된 구조의 결과라는 사실이 확연하게 보이는 것일지도 모르겠다. 밥벌이를 위해 타지로 나갔다가 다시 고향으로 돌아오는 여정은 정교하게 구축된 슬픔과 죽음의 구조물들을 알아채는 일이 되었을 것이다. 시집 거의 끝부분에 실려 있는 이 시의 위상은 그래서 특별하다. 삶의 자리가 바뀌는 순간들 속에 어떤 결락이 자리하고 있다는 감각이 『그래요 그러니까 우리 강릉으로 가요』의 바탕에 작동하기 때문이다. 그 감각이 2부의 '런던' 연작시에서는 무언가를 발견하고 되돌아보는 시선으로 기능하며, 여러 시편들에서 사물과 풍경 위로 겹쳐 있는 세계의 구조를 발견하는 시선을 활성화한다. 달리 말해 「철다리의 일」은 이번 시집에 실린 어떤 불안이나 허기의 근원이 어디에 있는지를 알려준다. 「쓸쓸함과의 우정」에서도 『그래요 그러니까 우리 강릉으로 가요』의 기원이 될 만한 정서의 출발지를 다루고 있는 점을 주목할 만하다.

　　일곱살쯤이었어요 집 근처 남대천 변의 제방에 올라 바람도 없던 그 오전에 처음으로 쓸쓸했던 거예요 모래톱에 내려가 납작돌들로 집을 지을 때 봄 햇살이 데리고 왔던 쓸쓸함이 처음으로 나의 돌집으로 들어왔던 거예요 함께 바라보던 바다 근처의 하늘은 너무 멀기만 해서 쓸쓸함과의 어색했던 모래놀이였어요

　　　　　　　　　　　　　　　　 ─「쓸쓸함과의 우정」 부분

　　시의 목소리는 쓸쓸함이 자신의 내면에 똬리를 틀고 자리하던 순간을 기억해낸다. 봄날, 햇살이 내리는 모래톱에서 일곱살 아이가 돌로 집을 짓고 있다. 그 자리로 봄 햇살이

쓸쓸함을 데리고 왔다고 시는 적는다. 쓸쓸함이라고 했지만 아이가 마주한 기운은 더 거대하고 복잡한 것이지 않았을 까. 돌과 같은 단단함도 한없이 무르게 녹여내는 이상한 열 기였을 수도 있고, 마땅히 있어야 할 것들이 부재하기에 어 떤 안정감으로부터 멀리 추방된 듯한 허전한 느낌이었을 수 도 있다. 아직은 경직되지 않은 정신이기에 아이는 운 좋게 무력감과 좌절감을 느끼는 상황에서 벗어나 유희할 수 있었 을지도 모른다. 하지만 아이가 자신을 습격한 기운으로부터 완전히 벗어나 있던 것은 또 아니어서 아이에게 세상은 어 딘가 불편하고 어색한 자리가 되어버렸다.

일곱살 아이도 느꼈을 분열감이나 허무감을 우리는 무언 가로 채우며 애써 눈길을 주지 않고 살아간다. 시에는 아주 연하고 부드럽게 표현되었지만 실상 그 쓸쓸함이라는 것에 눈길을 주고 빠져들면 삶 자체가 송두리째 사라지는 듯한 기분에 젖을 수도 있다는 사실을 우리는 직감한다. 그래서 때때로저 쓸쓸함을 속화된 감정의 색채로 부러 뒤바꿔버리 기도 한다. 3연의 "낡고 지저분해진"이라는 수식이 한 사례 이다.

이제 낡고 지저분해진 나의 쓸쓸함은 방랑을 탕진하고 갈 데도 없어졌지만 남대천 모래톱 그 따뜻한 돌집으로 돌아가 함께 살 수는 없을 거예요 가는 비조차 피할 도리 가 없는 정처란 그런 거예요 내가 돌볼 수밖에 없는 그저 쓸쓸한 쓸쓸함이 된 거죠 서울은 그래요 그러니까 우리 강릉으로 가요 돌집은 사라졌어도 우리 손잡고 바다를 볼 수는 있잖아요

—「쓸쓸함과의 우정」 부분

쓸쓸함은 여전히 깊이를 잴 수 없을 정도로 투명하고 거대하지만, 시의 목소리는 그것에 낡고 지저분해졌다는 수식을 더하여 그를 견딜 만한 것으로 바꾼다. 하지만 진정 "낡고 지저분해진" 것은 쓸쓸함이 아니라 대도시를 헤매며 사는 '나'이다. "가는 비조차 피할 도리가 없는 정처"로 표현된 도시에서 시인의 쓸쓸함은 오히려 증식한다. 탕진할 수 있는 쓸쓸함이란 애초부터 없다. 그것은 양이 정해진 것이 아니라 남대천 모래톱의 모래알 수만큼 양을 정할 수 없는 것이다. 그러므로 언제고 "가는 비"라도 내려 마음이 젖게 되면 한번도 낡은 적 없고 한번도 지저분해진 적 없는 그 쓸쓸함의 본모습을 마주할 수 있다. 시에는 내가 쓸쓸함을 돌보았다 쓰였지만 실상 쓸쓸함의 본모습이 시인을 돌보아 그를 덜 낡고 덜 지저분한 생으로 이끈 것인지도 모른다. 다시 말해 저 무한의 쓸쓸함이 살아가는 과정에서 심재휘의 시를 발생하도록 만들었다.

2. 외롭고 높은, 부재여

런던은 비의 도시라고 했던가. 실제로 '런던' 연작시에서
는 자주 비가 내린다. 이 도시는 시인에게 "얼굴이 뭉개지도
록 사흘째 가는 비가 와서 얼굴에서 흘러내린 자그마한 얼을
손에 받아 들"(「사흘째 가는 비가 와서」)게 하는 장소이기도 하
다. 자연스레 런던의 비가 고여 시인의 얼을 비추어주는 우
물 같은 것을 이루었던 것은 아닐까도 상상해본다. 이국의
도시라고 하면 낯선 풍물과 사건들을 마주한 감각의 풍요를
기대하기 쉽지만 심재휘의 시는 그런 것들에 큰 관심을 두
지 않는다. 이국의 땅에서 시인은 특별한 무언가를 도모하
거나 수행하지 않는다. 그저 적막한 식욕을 달래기 위해 장
을 보거나, 풍경들을 관찰하며 무언가를 끄적이면서 조용한
일상을 지낼 뿐이다. 그런데 그 단순한 일상 속에 평상시보
다 또렷한 인상을 제공하는 사물들이 있다. 멀리 와서 그가
만나는 것은 시간적으로 멀리 있는 무엇들이다. 가령, 옛날
의 사물들, 그리고 얼굴을 떠올리지 못하는 그리움들.

오래간만에 날이 좋아 오전에는 동쪽 창과 서쪽 창을
열어서 막혔던 동서를 잇는다 고여 있던 구름이 다락방
안을 지나가고 굳어 있던 옛날에 피가 돈다 비 그친 후라
헤어졌던 풍경들이 마룻바닥 위에서 온전히도 반갑다 삼
월도 말경인데 수선화가 지고 목련이 피었는데 말해줄 사

람이 없다 라디에이터에 걸린 수건에서 묻어 있던 얼굴들
이 마른다 창틀에는 꽃도 없이 목이 긴 꽃병 그가 쥐고 있
는 좁다란 길처럼 끊어질 듯 너무 멀리 간 것들은 이곳과
이을 도리가 없다 끊어지지 않아서 이을 수도 없으니 그
러면 창문을 연들 멀리 바라본들 무슨 소용이 있겠나

―「이을 수 없는 길」 전문

공간의 전환은 시간의 연속성을 해체하며 느닷없는 시간
의 저편으로, 아니 어쩌면 생동하는 시간의 깊은 곳으로 우
리를 인도한다. 시는 비가 개고 나서 비로 인해 중단된 시간
을 이어 환기하듯 말하고 있지만, 이 환기를 굳이 강우 전과
강우 후라는 짧은 시간의 단절을 이어 붙인 것으로만 여길
필요는 없다. 런던이 비에 젖으면 시인의 시간은 영혼의 시
간으로 바뀐다. 그러니까 런던의 풍경들은 속절없이 옛날의
풍경을 덧입는다. 옛날이 속살거리는 시간을 맞이하는 것이
다. 낯선 땅에서 집중하게 되는 '나'의 내면으로부터 잠들었
던 감정과 얼굴과 풍경으로 이어지는 길을 만나 시인은 자
신 곁의 먼 곳, 혹은 자신 안의 먼 곳으로 잠입한다. 거기에
는 꽃이 피면 꽃이 피었다고, 꽃이 지면 꽃이 졌다고 소식을
전하고 싶은 반가운 얼굴들이 있다. 시인들의 표현법을 흉
내 내자면, 시인은 정체가 불분명한 누군가의 얼굴과 목소
리가 몹시 '고픈' 시간을 통과하게 된다. 그러나 그것들은
멀리 있으므로 그것들과 연을 이을 도리가 없다. 하지만 이

없음은 기묘한 없음이다. 부재는 더 강렬하게 시인의 몸이 그것을 더듬고 반추하고 그려내는 방향으로 이동시킨다. 빈 화병을 두고 마음이 그린 꽃이 때로는 실제보다 더욱 선명하고 강렬하듯, 지금 그 얼굴과 목소리들이 그러하다. 이 부재의 상황은 시인의 감각에 열기를 더한다.

　　감은 눈은 보이지 않는 것들도 망막에 새기고요
　　들이쉬면 모든 숨들이 모여 허파가 되지만
　　내쉬면 헛것들만 남은 몸이 됩니다

　　오늘은 오후에 내리다 그친 비가 한밤중에 마저 내려서
　　일기에는 움켜쥘 수 있는 비는 없다고
　　짧게 썼습니다

　　새벽에 지빠귀가 울면 비는 그쳤다는 뜻입니다만
　　알뜰한 이별은 살뜰하다고도 생각했습니다만
　　　　　　　　　　　　　　　　　　　　　　—「알뜰한 이별」부분

　시인은 이국의 땅에서 '감은 눈으로 보이지 않는 것들을 망막에 새긴다'. 이 말은 그리 새로운 것이 아니다. 문제는 그다음, 그리움의 숨결이 덥혀놓은 육체가 일순간 내쉬는 숨과 함께 헛것들만 남아 식어가는 모습은 독자의 마음을 움켜쥐며 흔든다. 움켜쥐고 싶은 것이 많은 육체가 아무것도 붙잡지 못하고 빈손이 되는 순간 시인은 그 빈손으로 짧게나마 쓴다. 우리는 안다. 쓴다는 것은 붙잡는 일이다. 쓰는 일은 알뜰하고 살뜰하게 무언가를 보살피는 일이다. 창밖에 비가 속살거리는 이국의 도시에서 심재휘는 시인이란 슬픈 천명을 다시 한번 확인하면서 시로 자신의 빈손을 보듬는 한편 그 빈손이 움켜쥐고 있을 또다른 누군가의 손을 부여잡는다. 어쩌면 런던은 외롭고 높은 심사를 만들어 『그래요 그러니까 우리 강릉으로 가요』1부에 그려지는 에로스의 시선을 이미 예견하고 있었을지도 모르겠다.

3. 육체 안에 잠든 계절 혹은 에로스

사라지는 것들은 사라지지 않고 언어에 흔적을 남긴다. 그래서 언어 속에는 사람들의 꿈과 염원이 갖가지 상상과 방법을 통해 스며들어 있다. 이 사실을 가장 예민하게 감각하는 사람이 아마도 시인일 것이다. 그래서 그들은 언어에 묻어난 어떤 흔적들을 수집하기도 하며, 동시에 어떤 흔적을 언어 속에 깊이 새겨두기도 한다. 심재휘의 이번 시집에는 흔적과 기미들이 가득하다. 또렷하지 않은 것, 희미해져가는 것, 사로잡을 수 없는 것, 그런 것들과의 만남이 남겨둔 자취를 따라가는 길에 얹혀가며 시가 쓰인 듯 보인다. 가령, 이런 장면.

쇠물닭 한마리가 물가에서 몸을 씻는다
빨간 부리로 물을 연신 몸에 끼얹었지만
날개깃에 묻는 시늉만 하고 흘러내리는 물
날개를 들어 안쪽의 깃을 고르고
흉한 발은 물에 감추고
참 열심인 저것
이내 천천히 헤엄쳐서 간다
돌아서 있는 쇠물닭 한마리에게로
깊이를 알 수 없는 물 한가운데로

—「사랑」 전문

구애를 하기 위해 몸을 치장하는 한 생명의 모습에 끼여 있을 만한 허술함이 상당히 리얼하다. 이 허술함이 구애 자체를 더 사랑스럽게 만들어 자못 흐뭇한 웃음을 자아내기도 하지만, 허술함을 의식할 틈도 없이 일방향으로 내달리는 사랑의 열도에 관한 묘사에는 어딘가 진지한 구석도 없지 않다. 짧은 시이지만 다양한 서술어들(씻고, 끼얹고, 들고, 고르고, 감추고, 헤엄치고)은 이 시에 깃든 생명의 움직임이 말 그대로 얼마나 생동감 넘치는지를 짐작하게 한다. 열과 성을 다해서 움직이는 이 생명은 '나'의 바깥으로 나아가 그 깊이를 알 수 없는 타자들과 접속해 무한에 가닿으려는 어떤 경이를 구현한다. 우리는 그 경이를 때때로 에로스라는 이름으로 부르기도 한다.

　존재의 바닥에는 끊임없이 변화하고 생동하는 움직임과 흐름이 있기 마련이며, 그로 인해 우리는 자신의 허술함과 불완전함을 마주하기도 한다. 우리는 완전해서 변화의 가능성을 지니는 것이 아니라 불완전하기에 열과 성을 다한 변화를 추구한다. 마찬가지로 언어 역시 완전해서 어떤 흔적을 품고 남기는 것이 아니다. 언어의 허술한 자리가 우리의 허물과 그 허물로 인해 발생한 파편적 이미지에 자연스럽게 열리기도 한다. 심재휘의 시집에는 단단한 의미에 이르기 이전까지의 존재의 운동과 의미에 잘 포착되지 않는 어떤 잉여에 대한 기록들이 빈번하다. 아마도 누군가는 이를 의미가 되지 않은 문자들이라 부를 만도 한데, 실제로 이 시집의 많은 시편들에는 저 문자를 담고 있을 만한 것으로 추정되는 책과 밑줄을 긋는 것과 같이 무언가를 읽는 행위의 묘사가 자주 나타난다. 그런 의미에서 이 시집은 잘 해독되지 않는 문자들을 담아낸 책이라고 부를 수도 있으리라.

　그러니까 이 시집에는 어찌 보면 결함이라 여길 만한 것들이 불러온 기미와 흔적들이 있는 셈인데, 그것들은 또한 어떤 높이에 이른 감각들이 접촉한 결과물이다. 높아진 외로움과 높아진 쓸쓸함은 시선을 확장하여 어딘가를 더듬는다. 물론 이 더듬는 행위가 가시적인 무엇인가에 한정된 일은 아닐 것이다. 고양된 감각은 시선을 과거와 미래라는 비탈로도 굴려 보낼 수 있다. 현재에 급급했던 육체가 고양된 감각 속에서 시간의 흐름을 입체적으로 지각하고 조망하게 된다. 그리고 그때의 감각은 내가 세상과 접촉하는 면적을 확장하면서 세상이 마련한 깊이를 감지하게도 만든다.

계단을 들고 오는 삼월이 있어서 몇걸음 올랐을 뿐인데 버스는 높고 버스는 간다 차창 밖에서 가로수 잎이 돋는 높이 누군가의 마당을 내려다보는 높이 버스가 땀땀이 설 때마다 창밖으로는 봄의 느른한 봉제선이 만져진다 어느 마당에서는 곧 풀려나갈 것 같은 실밥처럼 목련이 진다 다시없는 치수의 옷 하나가 해지고 있다

신호등 앞에 버스가 선 시간은 짧고 꽃이 지는 마당은 넓고 '연분홍 치마가 봄바람에 휘날리더라' 그다음 가사 가 생각나지 않아서 휘날리지도 못하고 목련이 진다 빈 마당에 지는 목숨을 뭐라 부를 만한 말이 내게는 없으니 목련은 말없이 지고 나는 누군가에게 줄 수 없도록 높은 봄 버스 하나를 갖게 되었다

—「높은 봄 버스」 전문

누군가의 말처럼 이것이 바로 누구나가 자신의 마음을 오래 들여다보면 발견할 수 있다던, 알지 못하는 한 계절의 이야기일까. 마치 휴화산 같은 상태로 폭발하지 못한 채 우리 안에 고여 있는 어떤 시간에 대한 이야기 말이다. 이 시는 버

스에 올라타면서 발생한 물리적 높이가 담이 낮은 남의 집 마당을 들여다볼 수 있는 경험을 만들면서 그때 형성된 심상과 무관하지 않을 것이다. 하지만 그러한 상황을 설명하는 것만으로는 해석되지 않는 잉여가 너무 많다. 이 시에 쓰인 시선은 물리적 높이에서 발생한 무엇만은 아니다.

"계단을 들고 오는 삼월"이라는 표현 속에 이미 고양된 감각이 있다. 그 감각은 시간의 흐름을 다른 밀도로 만든다. 이 말은 감각이 접촉할 무언가가 늘어난다는 의미이기도 하다. 그와 더불어 '나'의 몸도 한없이 확장된다. 느른한 것은 봄이 아니라 봄기운에 휩싸인 '나'의 몸이기도 하다. 해서, 남의 집 마당으로 넘어가는 '나'의 시선처럼 '나'의 육체와 봄 사이의 경계가 흐릿해진다. 그러므로 "봄의 느른한 봉제선이 만져진다"라는 표현은 단순한 상상의 결과가 아니다. 잠겨 있던 시간 속의 어떤 미지를 어루만진 흔적이 거기에는 있다.

이 아름다운 시에는 모든 것이 불분명해지고 아득해지는 황홀경이 담겨 있다. 그런데 그 황홀경은 찰나의 것이다. 시인의 직관이 저 찰나를 의식하여 버스를 신호등 앞에 대기하는 짧은 시간에 놓아두자 그 자리로 작은 죽음이라 불리는 절정이 찾아온다. 봄바람에 휘날리는 것은 연분홍 치마가 아니라 치마 속에 숨어 있는 우리의 육체성이다. 계절에 따라 피고 지는 꽃처럼 저 육체 또한 관계 속에서 태어나고 죽는 일을 반복한다. 당연히 그 반복은 관계에 의해 변주되며, 그때마다 시인의 육체는 교환 불가능한 단독적인 경험의 장을 자신에게 새긴다. 「높은 봄 버스」는 심재휘의 시가 어떤 높이에서 쓰이고, 어떤 육체성을 바탕으로 하며, 어떤 미감의 운동성을 내장하는지를 여실히 보여준다. 이 작품이 독자를 위해 내어놓는 자리에 한번 오르는 경험을 하게 되면 세상의 모든 자리가 조금은 다른 느낌으로 다가올지도 모르겠다. 『그래요 그러니까 우리 강릉으로 가요』가 마련한 자리는 날카롭고 투명하게 삶의 순간들을 호흡하며 그리워하고 꿈꾸며 살아가는 일의 존엄을 확인하는 자리이기에 무엇과도 쉽게 바꾸고 싶지 않다. 또한 소중한 당신들에게 꼭 한번 내어주고 싶은 자리이다.

宋鐘元 | 문학평론가

잠들기 전에 이런 생각을 했습니다. 오늘의 역사는 내일의 것이지만 나는 아직 잠들지 않은 나의 것이고 내가 뱉은 시들은 시집의 것이라고. 그러면 창밖의 저 하현은 누구의 것입니까? 모로 누워서 한쪽 어깨가 아픈 사람의 것입니까? 우리의 것입니까? 아직은 시가 되기 전의 그저 하현일 뿐입니다. 조금 더 서쪽으로 갔습니다.

2022년 1월
심재휘

창비시선 468

그래요 그러니까 우리 강릉으로 가요

초판 1쇄 발행/2022년 1월 14일

지은이/심재휘
펴낸이/강일우
책임편집/조용우 박문수
조판/박아경
펴낸곳/(주)창비
등록/1986년 8월 5일 제85호
주소/10881 경기도 파주시 회동길 184
전화/031-955-3333
팩시밀리/영업 031-955-3399 편집 031-955-3400
홈페이지/www.changbi.com
전자우편/lit@changbi.com

ⓒ 심재휘 2022
ISBN 978-89-364-2468-8 03810